Dedicado a Jerry Siegel y Joe Shuster por regalarnos "El Hombre del Mañana".

Muchas gracias a George Reeves y Christopher Reeve
por dar vida al Hombre de Acero y capturar nuestros corazones para siempre.

Por último unas supergracias a mi energía solar, mi supertodo,
mi esposa Lisa… sin ti, el mundo es Krypton para mí.

Published by VIKING, Penguin Group
Penguin Young Readers Group, 345 Hudson Street, New York, New York 10014, U.S.A.

© De esta edición: Ediciones Kraken 2013
c/ Laurel, 23. 1°. 28005. Madrid.
www.edicioneskraken.com

ISBN: 978-84-92534-62-3
Depósito legal: M-14220-2013
IBIC: FX/YB

# SUPERMAN

## LA HISTORIA DEL HOMBRE DE ACERO

*ESCRITO E ILUSTRADO POR*
**Ralph Cosentino**

**SUPERMAN CREADO POR JERRY SIEGEL Y JOE SHUSTER**

MUY LEJOS DE TODOS, EN EL GLACIAL Y CONGELADO ÁRTICO, SE ENCUENTRA MI LUGAR SECRETO.

¡UN LUGAR HECHO DE ALTAS PAREDES DE CRISTAL, LLAMADO **¡la Fortaleza de la Soledad!**

AQUÍ, COMPLETAMENTE SOLO, APRENDO SOBRE MI PLANETA DE ORIGEN, KRYPTON, Y SOBRE LA MEJOR FORMA DE AYUDAR A LA TIERRA Y A SU GENTE.

CUANDO, CON MI SUPEROÍDO, NOTO QUE HAY PELIGRO...

VUELO SUPERRÁPIDO HACIA CUALQUIER LUGAR EN EL QUE SE NECESITE MI AYUDA.

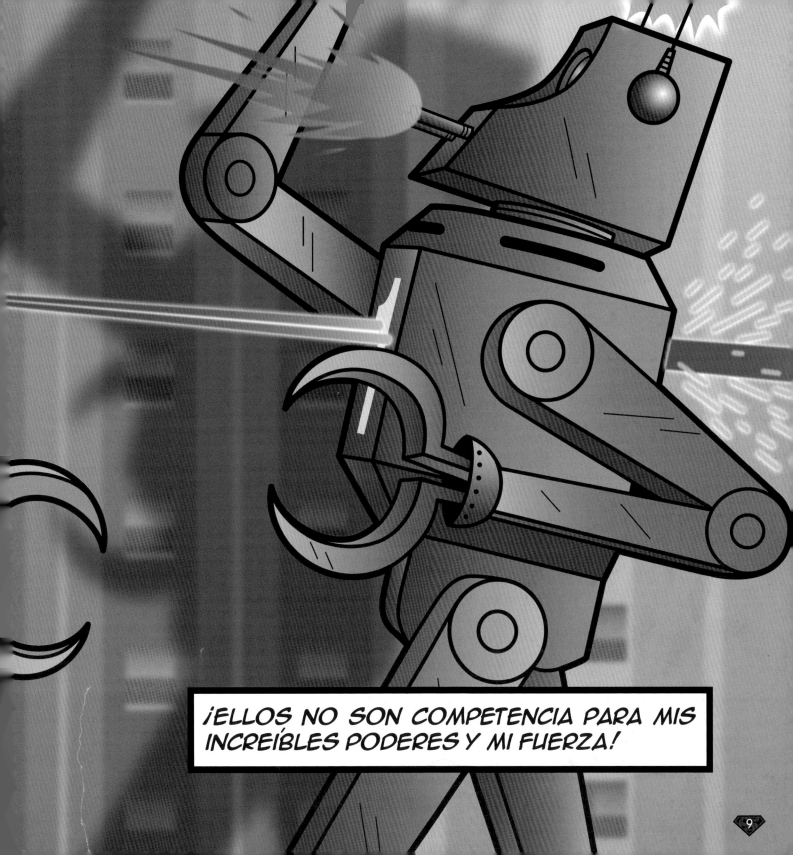

¡ELLOS NO SON COMPETENCIA PARA MIS INCREÍBLES PODERES Y MI FUERZA!

ESTA ES
MI HISTORIA.

NACÍ EN EL LEJANO PLANETA DE KRYPTON. MI NOMBRE ES KAL-EL.

CUANDO TODAVÍA ERA UN BEBÉ, MI PADRE, JOR-EL, Y MI MADRE, LARA, DESCUBRIERON QUE NUESTRO PLANETA EXPLOTARÍA PRONTO.

TENÍAMOS QUE ESCAPAR, PERO NO HABÍA TIEMPO PARA CONSTRUIR UN COHETE BASTANTE GRANDE PARA TODOS. ASÍ QUE MI PADRE, MUY DEPRISA, CONSTRUYÓ UNO PEQUEÑO SOLO PARA MÍ.

Y ME LANZÓ HACIA LA TIERRA JUSTO A TIEMPO, SALVANDO MI VIDA.

EL COHETE ATERRIZÓ EN UN PUEBLO DE KANSAS LLAMADO SMALLVILLE.

DOS BONDADOSOS GRANJEROS, JONATHAN Y MARTHA KENT, ME ENCONTRARON Y ADOPTARON. ME PUSIERON DE NOMBRE CLARK.

EN KRYPTON YO ERA UN NIÑO NORMAL, PERO LA GRAVEDAD DE LA TIERRA Y EL SOL AMARILLO ME DIERON SUPERPODERES. MIS NUEVOS PADRES SE DIERON CUENTA ENSEGUIDA DE QUE YO ERA MUY ESPECIAL.

MIENTRAS CRECÍA, DESCUBRÍ QUE NADIE MÁS TENÍA ESOS PODERES.

NO HABÍA LÍMITES PARA LAS COSAS TAN ALUCINANTES QUE PODÍA HACER.

MIS NUEVOS PADRES ME ENSEÑARON A DIFERENCIAR EL BIEN DEL MAL. ME AYUDARON A ENTENDER QUE PODÍA UTILIZAR MIS PODERES PARA HACER EL BIEN.

PARA APRENDER CÓMO PODÍA UTILIZAR MIS PODERES PARA AYUDAR A LA GENTE, EMPECÉ A TRABAJAR COMO REPORTERO DEL PERIÓDICO DAILY PLANET.

MIS NUEVOS COMPAÑEROS EN EL DAILY PLANET, LA REDACTORA JEFE LOIS LANE Y EL EXPERTO FOTÓGRAFO JIMMY OLSEN, ME ENSEÑARON CUÁNTO NECESITABA EL MUNDO UN HÉROE.

COMO SOY EL MEJOR SUPERHÉROE DE LA TIERRA, DEBO ENFRENTARME A MUCHOS SUPERVILLANOS.

¡Lex Luthor!

LAS ARMAS DE LEX LUTHOR SON PODEROSAS, ¡PERO NO TAN PODEROSAS COMO MI SUPERVISIÓN TÉRMICA!

¡Metallo!

METALLO NO SE LE PUEDE ABOLLAR FÁCILMENTE, ¡PERO NO ES COMPETENCIA PARA MI SUPERFUERZA!

BRAINIAC PUEDE SER UN GENIO, ¡PERO NO ES LO SUFICIENTEMENTE LISTO COMO PARA DAÑAR MI SUPERRESISTENTE PIEL!

... COMBATIR MALVADOS VILLANOS...

... Y SALVAR A LOS QUE SUFRAN.

¡MÁS RÁPIDO QUE UNA BALA!
¡MÁS PODEROSO QUE UNA LOCOMOTORA!
¡CAPAZ DE ESCALAR ALTOS EDIFICIOS CON UN SOLO SALTO!
ME ENFRENTO A UNA BATALLA INTERMINABLE PARA
DEFENDER LA VERDAD Y LA JUSTICIA.

SOY EL HOMBRE DE ACERO. SOY...